MIMI, PAUL & CHABICHOU

NICOLE GIRARD   PAUL DANHEUX
ILLUSTRÉ PAR   MICHEL BISSON

Paul à la recherche
de Chabichou

mondia

ÉDITEUR
ANDRÉ VANDAL

SUPERVISION LINGUISTIQUE
HÉLÈNE LARUE

DIRECTION ARTISTIQUE
ROBERT DOUTRE

ILLUSTRATION
MICHEL BISSON

PAUL À LA RECHERCHE DE CHABICHOU

ISBN 2-89114-272-1

Dépôt légal 4e trimestre 1986
Bibliothèque nationale du Québec
Bibliothèque nationale du Canada

Imprimé au Canada/Printed in Canada

34 5   00 99 98 97

Ce matériel est le résultat d'une recherche menée dans le cadre
du Programme de perfectionnement des maîtres en français de
l'Université Laval, à Québec. Sa réalisation a été partiellement
subventionnée par cet organisme.

Aujourd'hui, c'est moi, Paul, qui t'écris.

Je t'écris, car Mimi est très fâchée.

Mimi est fâchée parce que Chabichou a encore disparu.

Elle ne sort plus,

ne parle plus,

ne rit plus,

ne mange plus,

ne dort plus

et elle n'écrit même plus.

Je lui ai fait un sourire. . .

je l'ai chatouillée et elle a
crié:
«JE VEUX MON CHAT!»

Alors je suis parti à la
recherche de Chabichou.

J'ai marché longtemps, longtemps . . . en criant: «CHABICHOU! CHABICHOU! OÙ ES-TU? MONTRE-TOI!»

Mais Chabichou restait
introuvable.

À 4 heures, quand je suis
arrivé au bord de la
rivière, j'ai vu sur la neige
des traces . . . des traces
de pattes de chat!

Je les ai suivies une à une
jusqu'au bord de l'eau.

Sur la rivière, des milliers
de blocs de glace
flottaient.

Et, sur le plus petit de ces blocs de glace, une chose minuscule et poilue dansait en chantant:

«Paul tomate, tomate à pattes.
Patapouf et pouffe de rire.
Rions donc, ah! ah!
Tu n'm'attraperas pas!»

C'était lui! C'était
Chabichou!

Oui, mais... comment
le rattraper maintenant?

Je cours prévenir Mimi et je reviens pour rattraper Chabichou.